Loi n° 49 956 du 16 juillet 1949 sur les publications
destinées à la jeunesse : septembre 1990

Dépôt légal : novembre 2006
Imprimé en France par Jean-Lamour à Maxéville

Philippe Corentin

Pipioli la terreur

lutin poche de l'école des loisirs
11, rue de Sèvres, Paris 6^e

« Que voulez-vous pour votre goûter ? »
« Du gâteau de papier ! » répondent en chœur Pistache et son cousin Pipioli.
« Du papier à gâteau, je n'en ai plus. Il faut aller m'en chercher », demande Madame Pissenlit aux deux souriceaux qui disparaissent en se bousculant. « Et surtout prenez du *Cendrillon* et pas un autre. C'est un livre bleu… » ajoute-t-elle, obligée de crier.

La famille Pissenlit habite tout en haut d'une bibliothèque. C'est une chance quand on adore le gâteau de papier. Et c'est pratique.
« Où est-il, ce livre ? » demande Pipioli.
« Sur la deuxième étagère en partant du bas… Tu vas voir comme il est bon », murmure Pistache. « Mais, par pitié, parle moins fort, on peut nous entendre. »

« La-pe-ti-te-si-rè-ne-an-der-sen-a-li-ba-ba… » ânonne Pipioli.
« Qu'est-ce qu'elle a dit comme nom déjà ? »
« Cen-dril-lon », articule tout bas Pistache. « C'est de Perrault et il a une couverture bleue. »
« Ah ! Le voilà ! »
« Mais chut ! » s'énerve Pistache.

Les deux cousins se sont régalés. « On va se promener », dit Pistache. « Tu veux qu'on te ramène quelque chose, maman ? »
« Oui. Ramenez-moi deux feuilles de *Pinocchio*. Ton père adore ça en salade », répond la mère. « Mais surtout faites attention ! »

« Pourquoi Tantine a-t-elle dit de faire attention ? » s'inquiète Pipioli. « Il n'a pas l'air méchant, le monsieur… »
« Mais chut ! Il va nous entendre », murmure Pistache furieuse.
« Mais zut ! Tu m'enquiquines avec tes *chut*. Réponds-moi plutôt ! » insiste Pipioli. « Il a l'air gentil, ce monsieur. Pourquoi faut-il faire attention ? »
« Parce que, parce que ! » couine Pistache qui a du mal à chuchoter quand elle s'énerve. « Mais n'aie pas peur, je ne le crains pas ! » reprend-elle plus bas.

« Il s'est endormi. Si on allait voir ce qu'il fait, ce monsieur auquel il faut faire tant attention ? » dit Pipioli.
« Tu es fou ! » s'exclame Pistache. Mais son cousin a déjà sauté sur la table. Elle le suit à regret.

10 flacons
demander du
blé à Arthur

« Tiens ! C'est un dessinateur », constate Pistache.
« Oui, et il dessine des souris. Regarde comme elles sont mignonnes », s'émerveille Pipioli. « Pour nous dessiner comme ça, il faut vraiment aimer les souris… »
« Moins fort ! Tu vas le réveiller ! »
« Tu as vu les oreilles qu'il nous fait ? Elles sont trop grandes. Il faudrait le lui dire… » « Allez viens ! Il faut aller chercher les feuilles de *Pinocchio*, maman va s'inquiéter », murmure Pistache qui ne craint personne mais voudrait bien être ailleurs.

En remontant, les deux cousins découvrent une soucoupe remplie de grains de blé.

« Tiens ! Regarde comme il est gentil, il nous a mis à manger », dit Pipioli la bouche déjà pleine. « Tu n'en prends pas ? Tu boudes parce que j'avais raison ? »

« Je n'ai pas faim ! » répond sèchement Pistache qui n'aime pas avoir tort.

Pipioli a été malade toute la nui
« Ils étaient roses, ces grains ? » demande le docteur qui n'atten
même pas la réponse. « Pas besoin de chercher, c'est une indigestic

d'anhydride arsénieux, autrement dit de la mort-aux-rats… Qu'il prenne une demi-page de *Barbe-Bleue*… à mâcher matin, midi et soir.»

Pipioli va mieux. Dès le lendemain il peut faire quelques pas sur l'étagère du haut. La pièce est vide.
« Pistache ! Tantine ! » s'exclame-t-il soudain. « Venez voir ! Le monsieur nous a fait un cadeau ! »

Pistache et sa mère ne sont pas trop de deux pour libérer l'imprudent. « Mais qui a fait ça ? » s'étonne Pipioli une fois délivré. « Espèce d'idiot ! Mais c'est ton monsieur gentil », sanglote Pistache qui a eu peur pour son cousin.
« Tu crois ? »
« Ça suffit ! Viens ! J'ai une idée. Maman, ne t'inquiète pas, on descend et on revient tout de suite. »

« Ah ! Le menteur, le fourbe ! » s'indigne Pipioli. « En voyant ses dessins, on croirait qu'il adore les souris alors qu'il nous déteste. Quel hypocr… »

« Pousse-toi de là ! » lui ordonne sa cousine qui commence à barbouiller le dessin de larges coups de pinceau.
« Ah ! La belle idée ! » s'enthousiasme Pipioli qui se met à ouvrir les tubes de peinture.

« Non mais, quel vilain bonhomme quand même ! » bougonne Pipioli. « Quel sournois il doit être… »

« Arrête de radoter ! » l'interrompt Pistache qui fait pipi dans la bouteille d'encre vermillon.

« Tu as raison. Il a voulu la guerre, il l'a », ricane Pipioli qui, lui, fait pipi dans la bouteille de vert turquoise. « Tu vas voir, on va le terroriser. C'est Pipioli la terreur qui te le dit. »

« Pipioli ! Attention, le voilà ! » s'écrie tout à coup Pistache qui saute de la table. Pipioli la terreur n'a même pas le temps de refermer sa braguette. Il est pris.

Pistache a réussi à atteindre la bibliothèque. Apercevant un dictionnaire sur le bord de l'étagère du haut, elle le jette sur le nez du vilain bonhomme. Enfin, elle voudrait bien, mais elle a beau le lancer, le gros livre ne veut pas bouger. Il est trop lourd.

« Ah ! Qu'il était gentil, Pipioli ! » sanglote Pistache. « Un peu bête mais gentil… On va le regretter. Hein ? Maman ? »

« Pas la peine ! Me voilà ! » la rassure Pipioli qui surgit soudain, libre. « Voilà, c'est arrangé. On a discuté. J'ai été ferme et finalement c'est moi qui avais raison, c'est un bon bougre. Il nous permet de grignoter ses livres, mais en échange il nous demande de devenir ses conseillers en dessins de souris. C'est honnête, non ? »

Revoir Contrat
~~10%~~
exiger
12%

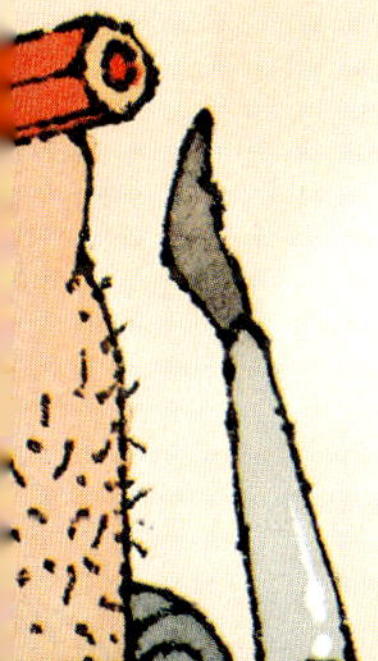

Pipioli pose comme modèle, porte les gommes, taille les crayons. Il ne fait pas les dessins. Il aimerait bien pourtant. Toutes ces minauderies agacent Pistache. Elle veut bien donner des conseils et même parfois des idées, mais elle se tient le plus souvent derrière la grosse bouteille de bleu de Prusse. Le monsieur est peut être-gentil, mais on ne sait jamais…

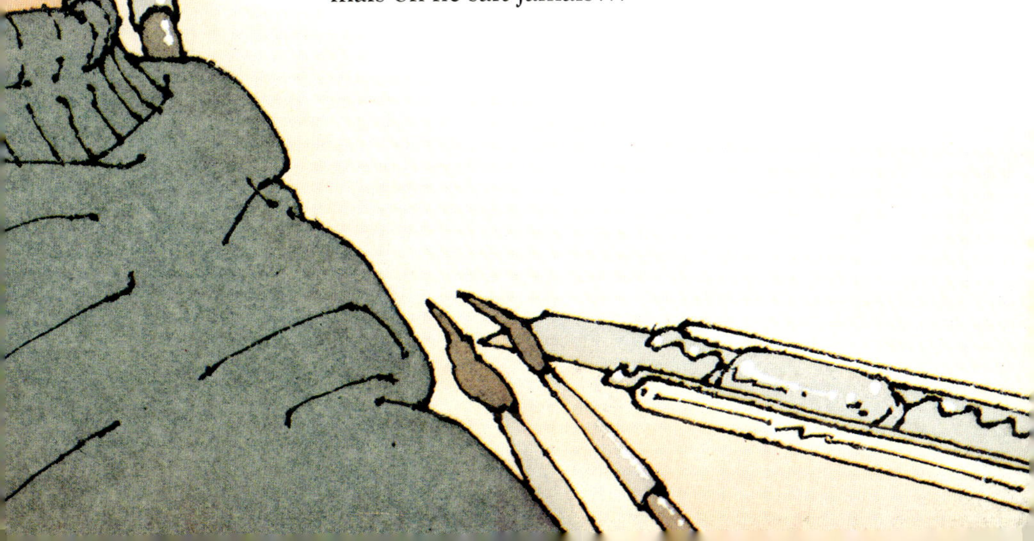